AF603008

18 Avril 1905

VENTE

Du Mardi 18 Avril 1905

HOTEL DROUOT, SALLE N° 6

A DEUX HEURES

MEUBLES ANCIENS

OBJETS D'ART

Salon en Tapisserie de Beauvais

TABLEAUX ANCIENS ET MODERNES

TAPISSERIES DES XVIIe ET XVIIIe SIÈCLES

ÉTOFFES ANCIENNES

EXPOSITION PUBLIQUE

Le Lundi 17 Avril 1905, de deux heures à six heures

Me LAIR-DUBREUIL, 6, rue de Hanovre

COMMISSAIRE-PRISEUR

M. G. SORTAIS	M. R. DUPLAN
Peintre-Expert près le Tribunal civil	Expert
4, rue Mogador	10, rue Rossini

EXEMPLAIRE D' [illegible]

CATALOGUE

DES

MEUBLES ANCIENS

OBJETS D'ART

PORCELAINES — FAIENCES — OBJETS DE VITRINE

BRONZES — BOIS SCULPTÉS

TABLEAUX ANCIENS ET MODERNES

Important Meuble de Salon en acajou garni en Tapisserie de Beauvais du XVIIIe Siècle

SIÈGES EN TAPISSERIE

TAPISSERIES des XVIIe et XVIIIe SIÈCLES

ÉTOFFES ANCIENNES

Dont la Vente aura lieu

HOTEL DROUOT, SALLE N° 6

LE MARDI 18 AVRIL 1905

à deux heures

COMMISSAIRE-PRISEUR

Me LAIR-DUBREUIL, 6, rue de Hanovre

EXPERTS

Pour les Tableaux :
M. GEORGES SORTAIS
4, rue Mogador

Pour les Objets d'art :
M. R. DUPLAN
10, rue Rossini

Chez lesquels se distribue le présent Catalogue

EXPOSITION PUBLIQUE

Le Lundi 17 Avril 1905, de deux heures à six heures

CONDITIONS DE LA VENTE

Elle sera faite au comptant.

Les acquéreurs paieront *dix pour cent* en sus des prix d'adjudication.

L'exposition mettant le public à même de se rendre compte de l'état et de la nature des objets, il ne sera admis aucune réclamation, une fois l'adjudication prononcée.

Paris. — Imp. de l'Art, E. Moreau et Cie, 41, rue de la Victoire.

DÉSIGNATION

TABLEAUX

ANCIENS ET MODERNES

BELLY

1 — *La Plaine en Algérie.*

Toile portant le cachet de la vente de l'artiste.

BOUCHER (D'après François)

2 — *Jupiter et Calisto.*

3 — *Jupiter et Léda.*

4 — *Les Plaisirs de l'Été.*

Trois charmantes décorations, composées de deux médaillons ovales et d'un dessus de porte, exécutées du temps de l'artiste.

BOSSE (Attribué à Abraham)

5 — *Flore et l'Amour.*

Toile. Haut., 1 m. 40 cent.; larg., 1 m. 05 cent.

COYPEL LE VIEUX (Noel) (1628-1707)

6 — *Suzanne accusée par les Vieillards.*

Sur le seuil d'un palais, les deux vieillards accusent Suzanne d'adultère, tandis que le jeune Daniel s'élance vers eux pour la disculper.

Toile. Haut., 45 cent.; larg., 60 cent.

ÉCOLE FRANÇAISE (xviie siècle)

7 — *Portrait de Petite Fille.*

Vue en pied, porte un tricorne à plumes.
Toile.

ÉCOLE FRANÇAISE (xviiie siècle)

8 — *Portrait présumé du Marquis de Bouille.*

ÉCOLE FRANÇAISE (xviiie siècle)

9 — *Portrait d'un Ecclésiastique.*

Il a la main gauche posée sur la tranche d'un livre.
Cadre en bois sculpté.

ÉCOLE FRANÇAISE (xviiie siècle)

160 10 — *Portrait de Femme.*

En costume d'apparat, drapé d'un manteau et tenant un lys de la main gauche.
Cadre en bois sculpté.

ÉCOLE FRANÇAISE (XVIIIe siècle)

11 — *Portrait d'un Prélat.*

Vêtu d'un surplis et d'un manteau d'hermine, la main gauche posée sur sa barrette.

Cadre en bois sculpté.

ÉCOLE FRANÇAISE (XVIIIe siècle)

12 — *Portrait d'un Gentilhomme.*

Vêtu d'un habit à parement, gilet brodé d'or, jabot de dentelles et tenant sa tabatière à la main.

Cadre en bois sculpté.

ÉCOLE FRANÇAISE (XVIIIe siècle)

13 — *Portrait d'un Prélat.*

Toile de forme ovale.

Cadre en bois sculpté.

ÉCOLE FRANÇAISE (XVIIIe siècle)

14 — *Portrait de Femme âgée.*

Vêtue d'un costume blanc, coiffée d'un béguin de dentelle, la main droite posée sur un livre.

Cadre en bois sculpté.

ÉCOLE FRANÇAISE (XVIIIe siècle)

15 — *Le Triomphe d'Amphitrite.*

Panneau décoratif.

Toile. Haut., 92 cent.; larg., 1 m. 20 cent.

ÉCOLE FRANÇAISE (XVIIIᵉ siècle)

16 — *Grisaille.*

Panneau décoratif.

ÉCOLE FRANÇAISE (XVIIIᵉ siècle)

17 — *Pâtre gardant un troupeau de vaches au bord d'une rivière.*

Gouache.
Signée au centre illisiblement.

ÉCOLE FRANÇAISE (XVIIIᵉ siècle)

17 *bis* — *Portrait de Femme.*

Vue debout, jusqu'aux genoux presque de face, vêtue d'un costume décolleté, le corsage garni de broderies d'or ; une draperie à revers mauve passe sur son épaule. La main droite est appuyée sur la poitrine tandis que de la gauche elle cueille une fleur dans un vase posé à ses pieds. Fond de Parc.

Cadre en bois sculpté et doré.

Haut. 1 m. 40 cent.; larg., 1 m. 05 cent.

ÉCOLE HOLLANDAISE (XVIIIᵉ siècle)

18 — *Oiseaux exotiques se désaltérant au pied d'une fontaine de pierre, à l'entrée d'un parc.*

Panneau décoratif.
Cadre en bois sculpté.

Toile. Haut., 1 m. 70 cent.; larg., 1 m. 22 cent.

ÉCOLE HOLLANDAISE (XVIIIe siècle)

19 — *Huitres et pêches posées sur un entablement de pierre.*

Haut., 50 cent.; larg., 41 cent.

ÉCOLE ITALIENNE (XVIe siècle)

20 — *Nativité.*

Panneau. Haut., 1 mètre; larg., 80 cent.

ÉCOLE ITALIENNE (XVIIe siècle)

21 — *La Vierge et l'Enfant Jésus.*

Cadre en bois sculpté.

Haut., 70 cent.; larg., 55 cent.

ÉCOLE ITALIENNE (XVIIe siècle)

22 — *La Vierge et l'Enfant Jésus.*

Cadre en bois sculpté.

Haut., 73 cent.; larg., 58 cent.

FRANCK (F.-F.) (1627-1687)

23 — *Les Gras, les Maigres, la Gourmandise, l'Ivrognerie.*

Dans un cercle tracé au trait noir, trois têtes allégoriques ; des deux côtés, en dehors du cercle : volaille, huitres, gâteaux, broc en grès allemand se rapportant à gourmandise.

Signé : F. F. F.

Bois. Haut., 25 cent.; larg., 37 cent.

HUE (J.-F.)

24 — *Le Naufrage.*

Au premier plan, à droite, des pêcheurs portent un naufragé dans une chaumière au milieu des rochers battus par les flots d'une mer furieuse ; au second plan, à gauche, une barque en perdition ; plus loin, à l'arrière-plan, un phare à l'entrée d'un port est frappé par la foudre.

Haut., 1 m. 58 cent. ; larg., 1 m 22 cent.

HUET (Nicolas)

25 — *Chiens de chasse.*

Deux dessus de porte.

Toile. Haut., 77 cent.; larg., 1 m. 32 cent.

ISABEY (J.)

25 bis — *Portrait d'un Jeune Garçon.*

Miniature sur vélin.

Signée et datée 1830.

JORDAENS (École de J.)

26 — *Vieillard berçant un enfant nu dans ses bras.*

Bois. Haut., 55 cent.; larg., 45 cent.

LAGRENÉE (J. J.)

27 — *La Serinette.*

Une jeune femme, le bras nu, assise sur un sofa, joue de la serinette à un serin dans sa cage ; un enfant à genoux, à ses pieds, la regarde.

Toile. Haut., 79 cent.; larg., 77 cent.

LARGILLIÈRE (École de N.)

28 — *Portrait de Gentilhomme.*

En habit de chasse, couleur amaranthe, à tresses et glands d'or.

Forme ovale.

Cadre en bois sculpté.

LEYGUE

29 — *La Bonne Aventure.*

Signé en haut à gauche.

Toile. Haut., 1 m. 50 cent.; larg., 1 m. 16 cent.

MIÉRIS (Attribué à)

30 — *Sainte Madeleine assise dans une grotte.*

Haut., 29 cent.; larg., 29 cent.

NATTIER (D'après Marc)

31 — *Portrait d'une Femme de qualité en Parque.*

Vêtue d'un corsage blanc, une draperie bleue passée sur les épaules.

Toile.

OUDRY (J.-B.)

32 — *Réunion dans un parc.*

Au premier plan, deux singes costumés, la canne à la main ; derrière, au centre, un magistrat entouré de bourgeois lit une ordonnance.

Bois. Haut., 32 cent.; larg., 32 cent.

PASINI (A.)

33 — *Paysage.*

Panneau. Haut., 26 cent.; larg., 56 cent.

PRUD'HON (Ecole de)

34 — *Vénus et l'Amour.*

Petit médaillon.

REGNAULT (Jean-Baptiste) (1754-1829)

35 — *Vénus et l'Amour.*

Vénus assise sur des nuages semble réprimander l'Amour agenouillé devant elle.

Signé.

Bois. Haut., 25 cent.; larg., 30 cent.

(*Provient de la Vente Moore.*)

SEGHERS (Attribué à Gérard)

36 — *Extase de Saint François d'Assise.*

Le saint est à genoux dans un paysage montagneux ; à droite, un autre personnage médite.

Cuivre. Haut., 25 cent.; larg., 22 cent.

TAUNAY

37 — *Episode des Guerres d'Espagne.*

Convoi militaire se rendant dans une ville par une porte moresque.

Signé en bas à droite.

Toile. Haut., 81 cent.; larg., 66 cent.

THOMIRE

38 — *Portrait d'une Jeune Fille et de sa Sœur.*

L'aînée porte une robe blanche demi-décolletée, une chaîne en or autour du cou retenant un portrait de jeune homme en miniature. La jeune sœur est debout, vêtue d'une robe blanche à ceinture rose.

Signé et daté : 1795.

TOCQUÉ (Attribué à)

39 — *Portrait de Femme.*

Vêtue d'une robe en dentelles et d'un mantelet de soie noire, les mains gantées et la tête couverte d'un bonnet de dentelle.

Cadre en bois sculpté.

VALLIN (Attribué à ANTOINE)

40 — *Tête de Bacchante.*

Le front ceint d'une bandelette blanche et couronnée de pampre, le buste nu, une draperie passe sur son épaule gauche.

Toile. Haut., 42 cent.; larg., 35 cent.

VANLOO (Carle)

300 41 — *Ève.*

Au pied d'un gros arbre enguirlandé de fleurs, Ève est assise, la main gauche appuyée à terre, la droite dans l'attitude de l'effarement, les cheveux couronnés de fleurs blanches.

Cadre en bois sculpté.

Toile. Haut., 57 cent.; larg., 70 cent.

VLIET (Van)

42 — *Intérieur d'église.*

Le soleil éclaire l'intérieur d'une église. Au premier plan, un gentilhomme cause à une femme se tenant près d'une balustrade; plus loin, une femme et son enfant.

Signé en bas, sur une pierre.

Bois. Haut., 50 cent.; larg., 42 cent.

WIGMANA (Gérard)

300 43 — *Présentation de l'Enfant Jésus.*

Au milieu d'un temple, l'Enfant Jésus, nu et debout sur son berceau, ouvre les bras pour accueillir saint Jean qui, les mains jointes, s'agenouille, tenu par sainte Elisabeth, la Vierge et saint Joseph se tenant devant l'Enfant Jésus, abrités sous les larges plis d'un rideau de velours vert.

Bois. Haut., 68 cent.; larg., 56 cent.

43bis — Peintures non cataloguées.

OBJETS D'ART

44 — Grand plat oblong, de *Bernard Palissy*. Décor à reptile et poissons ; sur le marli, batraciens, écrevisses, coquilles, papillon, fleurs et planches diverses.

45 — Deux cache-pots en ancienne porcelaine de Sèvres, décor à bouquets de fleurs et rehauts d'or.

46 — Jardinière en porcelaine blanche et biscuit de Paris, rehaussée d'or. Époque Premier Empire.

47 — Grande pendule en bronze ciselé et doré, représentant un taureau portant un cadran, surmonté d'une femme ; de chaque côté, deux nymphes tressent des guirlandes de fleurs ; socle de style rocaille.

48 — Deux bustes d'hommes en terre cuite. Travail italien.

49 — Deux bustes en bronze, de *Clésinger* : le Printemps et l'Automne.

50 — Deux porte-bouquets quadrangulaires, de forme évasée, à griffes de lion en tôle peinte. Décor à scènes de bataille, d'après *Casanova*.

51 — Six cadres anciens en bois sculpté et doré. XVIIe et XVIIIe siècles.

52 — Deux jardinières fermées par des seaux en cuivre repoussé, montés sur des pieds en fer forgé. XVIIIe siècle.

53 — Tabernacle en bois sculpté, décoré à l'intérieur de peintures représentant Dieu le Père et Jésus-Christ.

54 — Deux gaines en chêne sculpté, à armoiries.

55 — Petit miroir en bois sculpté. Style Louis XV.

56 — Fragment de frise en chêne sculpté.

57 — Bassin en cuivre repoussé.

58 — Devant de cuirasse. Époque du Premier Empire.

59 — Statue équestre de saint Georges en bois sculpté, peint et doré. XVIIe siècle.

60 — Deux colonnes d'applique en bois sculpté et peint, chapiteaux dorés. Décor de pampres et de raisins. XVIIe siècle.

61 — Boite à sel en cuivre repoussé.

62 — Table d'harmonie et clavecin, décor à bouquets de fleurs et volatile. Signé : *Jean Lempereur, dit Kaïser. 1749.*

63 — Éventail, monture en ivoire ajouré et sculpté, feuille peinte, représentant une allégorie au Triomphe de Catherine II, de Russie. Époque Louis XV.

64 — Tabatière ovale en or deux tons guilloché et ciselé. Epoque Louis XVI.

MEUBLES, SIÈGES

65 — Paire de belles consoles en acajou, à tablette d'entrejambes, ornées de galeries à lambrequins, frises, ornements et baguettes en bronze doré. Dessus en marbre blanc. Fonds de glaces. Époque Louis XVI.

66 — Paire d'encoignures en acajou, à étagères d'entrejambes, galeries, frises, mascarons et ornements en bronze doré. Dessus en marbre gris. Fonds de glaces. Epoque Louis XVI.

67 — Secrétaire, à abattant, en acajou moucheté, le bas à deux vantaux, formant caisse. Epoque Louis XVI.

68 — Écran en palissandre, feuille en damas rouge. Epoque Louis XIV.

69 — Petit meuble, cabinet en chêne sculpté, sur console à colonnes torses. Epoque Louis XIII.

70 — Lit de milieu, à une personne, en chêne fine-

ment sculpté. Frontons à attributs galants. Époque Louis XVI.

Ce lit est marqué d'armoiries empreintes au fer. Il provient de la Vente Schmith.

71 — Chiffonnier en marqueterie de bois, orné de cuivres dorés. Travail hollandais.

72 — Glace Louis XIV, cadre en bois sculpté.

73 — Table de bouillotte en acajou, d'époque Louis XVI, à dessus de marbre.

74 — Deux tabourets, couverts en ancien velours rouge.

75 — Fauteuil en bois sculpté, d'époque Louis XV, garni en ancien damas rouge.

76 — Bois de chaise, siège en blanc. Epoque Louis XV.

77 — Trois escabeaux en chêne, à dossiers sculptés, XVIIe siècle.

SIÈGES EN TAPISSERIE

78 — Important meuble de salon en acajou, composé de deux canapés, huit fauteuils et cinq chaises, garni en ancienne tapisserie de Beauvais (XVIIIe siècle). Fonds ponceaux, à guirlandes de fleurs, cygnes et rinceaux, contre-

fonds verts : décors à scènes d'animaux dans des médaillons perlés, à fonds crèmes. (Pourra être divisé.)

79 — Meuble de salon, composé d'un canapé et deux fauteuils en tapisserie au point et au petit point. XVIIe siècle.

80 — Deux fauteuils, garnis en tapisserie au point et au petit point. Bois naturels. Époque Louis XV.

81 — Deux fauteuils en ancienne tapisserie d'Aubusson, décor à vases fleuris. Bois naturels. Époque Louis XV.

82 — Deux fauteuils en ancienne tapisserie d'Aubusson, décor à personnages et animaux dans des paysages, fonds rouges. Bois naturels. Époque Louis XV.

83 — Écran en bois sculpté et doré, feuille en ancienne tapisserie d'Aubusson. Décor de fleurs.

84 — Écran en bois sculpté et doré, feuille en ancienne tapisserie, décor à animaux et entourage à nœuds de rubans, fonds verts.

TAPISSERIES

ÉTOFFES, TENTURES

85 — Ancienne tapisserie des Flandres, aux armes des Médicis, représentant un carrousel. Au premier plan, des personnages grandeur nature; au second plan, la piste et les cavaliers; au fond, une estrade avec de nombreux personnages et des maisons aux fenêtres garnies de spectateurs. Riche bordure à médaillons, figures et animaux, rinceaux, guirlandes et armoiries. Commencement du XVIIe siècle.

Haut., 4 m. 15 cent.; larg., 4 m. 25 cent.

86 — Ancienne tapisserie, représentant Hercule apportant la tête du sanglier d'Erymanthe à la reine de Crète. Paysage et verdure. Époque Louis XIII.

Haut., 3 m. 40 cent.; larg., 4 m. 10 cent.

87 — Petit panneau en ancienne tapisserie d'Aubusson, représentant l'Escarpolette. Composition à trois personnages.

Haut., 2 m. 37 cent.; larg., 1 m. 95 cent.

88 — Grand panneau, en largeur, en ancienne tapisserie, représentant des scènes champêtres et galantes dans un parc; à gauche, un chasseur; au fond, vue d'un château. Bordure à fleurs.

Haut., 2 m. 45 cent.; larg., 4 m. 60 cent.

89 — Quatre panneaux en ancienne tapisserie, bordure à fleurs et rinceaux, représentant :

— *Le Colin Maillard.*

Composition à cinq personnages, hommes et femmes, jouant dans un parc.

Haut., 2 m. 48 cent.; larg., 2 m. 75 cent.

— *La Main chaude.*

Composition à trois personnages, un jeune homme et deux dames jouant dans un parc, un chien à leur côté.

Haut., 2 m. 57 cent.; larg., 2 m. 68 cent.

— *Femme assise.*

A ses côtés, des amours se chauffent à un brasero; fond de paysage.

Haut., 2 m. 50 cent.; larg., 1 m. 40 cent.

— *Bergère tenant à la main sa houlette et gardant ses moutons.*

Devant une fontaine en pierre, sur le côté, un jeune garçon jouant du tambourin.

Haut., 2 m. 65 cent.; larg., 2 m. 40 cent.

90 — Trois panneaux en tapisserie de la Manufacture de Beauvais: fragments de la tenture chinoise, d'après *Dumont.*

— *Princesse dans un char, accompagnée de serviteurs.*

— *Éléphant et son cornac.*

— *Souverain asiatique en somptueux costume.*

Sur un trône richement décoré, à ses côtés un garde.

91 — Fragment en ancienne tapisserie de Bruxelles, représentant une scène allégorique. Bordure sur deux côtés.

92 — Fragment en ancienne tapisserie : Homme armé d'une lance.

93 — Panneau oblong en ancienne tapisserie au petit point, dite de Saint-Cyr, représentant la Nativité.

94 — Panneau en ancienne tapisserie, représentant un écusson au milieu d'un trophée guerrier.

95 — Bandeau en ancienne tapisserie flamande, à guirlandes de fruits et feuillages, animaux, volatiles et dauphins ; bordure à franges de soie.

96 — Très belle garniture de lit en tapisserie au point et au petit point, sur fond noir, d'époque Louis XIV, dans le goût de Bérain, représentant des personnages et des musiciens chinois, des oiseaux, des quadrupèdes et des ornements : composée de : deux rideaux et six lambrequins, à bords découpés.

97 — Quatorze panneaux, en forme de bannières, richement brodés, à grands bouquets de fleurs en soie et fils d'argent doré, sur fond de satin crème ; bordure à franges, découpée dans la partie inférieure. XVIIe siècle.

98 — Panneau en toile préparée pour la tapisserie, dessin à sujets mythologiques, animaux et volatiles ; la partie gauche, en tapisserie au point, représente un moissonneur, un berger et le Char de Vénus, XVIe siècle.

99 — Portière en ancien damas rouge, traversée d'une bande en bordure de la Renaissance, dessin à médaillons, écussons et ornements, sur fond de velours rouge.

100 — Lot d'environ trente-six mètres de damas, fond jaune, à dessin rouge, d'époque Louis XIII.

101 — Manteau de Vierge en satin bleu, brodé de fleurs en soie et chenillé ; bordure en broderie métallique. Epoque Louis XIII.

102 — Tenture en toile, finement brodée de soie. Travail oriental, XVIIIe siècle.

103 — Tapis d'Aubusson, fond rouge, à médaillon blanc.

104 — Tapis d'Aubusson, fond ponceau, décor à rinceaux vert réséda.

105 — Autre tapis d'Aubusson, décor crème.

106 — Deux tapis de table en ancienne tapisserie au point, XVIIe siècle.

107 — Objets omis.

www.ingramcontent.com/pod-product-compliance
Ingram Content Group UK Ltd.
Pitfield, Milton Keynes, MK11 3LW, UK
UKHW021046260726
13994UKWH00005B/2367